Mon
COUP
de génie

Catalogage avant publication de Bibliothèque et Archives
nationales du Québec et Bibliothèque et Archives Canada

Mercier, Johanne

    Mon coup de génie

    (Le Trio rigolo ; 16)
    Pour les jeunes de 10 ans et plus.

    ISBN 978-2-89591-079-4

    I. Cantin, Reynald. II. Vachon, Hélène, 1947- . III. Rousseau, May, 1957-
IV. Titre. V. Collection : Mercier, Johanne. Trio rigolo ; 16.

PS8576.E687M66 2010   jC843'.54   C2009-942011-2
PS9576.E687M66 2010

Tous droits réservés
Dépôts légaux : 1er trimestre 2010
Bibliothèque nationale du Québec
Bibliothèque nationale du Canada
ISBN 978-2-89591-079-4

© 2010 Les éditions FouLire inc.
4339, rue des Bécassines
Québec (Québec) G1G 1V5
CANADA
Téléphone : 418 628-4029
Sans frais depuis l'Amérique du Nord : 1 877 628-4029
Télécopie : 418 628-4801
info@foulire.com

Les éditions FouLire reconnaissent l'aide financière du gouvernement
du Canada par l'entremise du Programme d'aide au développement de
l'industrie de l'édition (PADIÉ) pour leurs activités d'édition.

Elles remercient la Société de développement des entreprises culturelles du
Québec (SODEC) pour son aide à l'édition et à la promotion.

Elles remercient également le Conseil des Arts du Canada de l'aide accordée
à son programme de publication.

Gouvernement du Québec – Programme de crédit d'impôt pour l'édition de
livres – gestion SODEC.

100 %

Imprimé avec de l'encre végétale sur du papier Rolland Enviro 100, contenant 100 %
de fibres recyclées postconsommation, certifié Éco-Logo, procédé sans chlore et
fabriqué à partir d'énergie biogaz.

IMPRIMÉ AU CANADA/PRINTED IN CANADA

Mon COUP de génie

AUTEURS ET PERSONNAGES :

JOHANNE MERCIER • *Laurence*
REYNALD CANTIN • *Yo*
HÉLÈNE VACHON • *Daphné*

ILLUSTRATRICE :

MAY ROUSSEAU

Le Trio rigolo

LAURENCE

« Croyez-moi, il y a de
quoi réagir quand votre
frère passe près de vous
et que le petit gâteau
au caramel que vous
mangez goûte le parfum.
Que le verre de lait
goûte le parfum et que
le deuxième petit gâteau
au caramel goûte encore
le parfum, même quand
le grand frère est parti. »

Personne n'aurait pu prévoir les événements survenus le 2 mai dernier. Personne n'aurait pu les éviter, j'en suis certaine. Dans la vie, il y a des jours comme ça. Des jours de grande catastrophe. Ce qu'on appelle la fatalité.

Ce vendredi avait pourtant commencé tout à fait normalement. Mon grand frère Jules s'était réveillé de mauvaise humeur. Il avait râlé contre la pluie, le prof de maths et la boîte de Corn Pops vide. Il était parti pour l'école en retard. Il avait oublié son travail de français sur la table. Pour lui comme pour nous, la journée s'annonçait comme toutes les autres. C'est du moins ce que l'on croyait, naïfs qu'on était dans la famille.

Mais tout a basculé à 16 h 45 précisément. Quand mon frère est rentré à la maison, il n'a pas allumé la télé, il n'a pas vidé le frigo ni dévalisé le garde-manger. Il ne s'est même pas installé devant son ordinateur. Il a sauté dans la douche en chantant (rien pour faire déplacer les foules), puis il a demandé à ma mère si son chandail rouge lui allait mieux que le noir ! Il était transformé. Lumineux. Oui, c'est le mot. Je peux me confier à vous parce que c'est vous, et qu'on se connaît bien : mon frère n'était visiblement pas dans son état normal.

Personne n'a rien dit. Mais on avait tous notre petite idée sur ce qui lui arrivait. Quand je l'ai vu mettre du gel dans son toupet, j'ai compris qu'il y avait de quoi s'inquiéter sérieusement.

Le pire, c'était l'odeur. Celle de la lotion après-rasage de mon père qu'il semblait avoir renversée sur lui.

– Ouach! Es-tu certain que c'est une bonne idée, le *Old Spice*, Jules?

Oui, je sais, j'aurais pu me taire, mais croyez-moi, il y a de quoi réagir un peu quand votre frère passe près de vous et que le petit gâteau au caramel que vous mangez goûte le parfum. Que le verre de lait goûte le parfum et que le deuxième gâteau au caramel goûte encore le parfum, même quand le grand frère est parti.

Bref, pas besoin d'avoir l'expertise d'un agent double pour déceler la cause de ce changement soudain. Mon frère était amoureux. Voilà. Vous vous dites que tout cela ne me regardait pas? Vous ne saisissez pas l'ampleur du drame? Vous vous demandez pourquoi j'en faisais toute une histoire?

Attendez!

– Elle s'appelle comment? a demandé mon père, tout juste avant que mon grand parfumé de frère ne franchisse la porte.

Coup de coude de ma mère dans les flancs. Ce sont des questions qui ne se posent pas. Il fallait faire comme si on n'avait rien vu. Il finirait bien par nous la présenter.

Mon frère n'a pas répondu à mon père de toute manière. A-t-il seulement entendu la question? Avec son iPod sur les oreilles, son cœur qui battait la chamade et sa belle qui occupait ses pensées… Je ne pense pas. L'amour rend sourd autant qu'aveugle et l'odorat est souvent perturbé aussi, si j'en juge par l'arôme d'épices que mon frère semait sur son passage.

Je l'enviais un peu quand même. J'aurais bien aimé aller rejoindre mon prince. Mais je n'ai pas de prince, ce qui règle la question.

J'ai couru retrouver mon amie Geneviève, qui m'attendait à l'arrêt d'autobus. Mon frère Jules partait séduire celle qui le faisait sourire pour rien, moi j'allais chercher un cadeau d'anniversaire pour ma grand-mère au centre commercial.

À chacun ses grandes missions.

Geneviève n'a même pas noté mon retard de vingt minutes. Elle avait l'air tout énervée. Je la connais depuis la maternelle, mais ce soir-là, je n'arrivais vraiment pas à savoir si elle était de bonne humeur ou pas. Elle m'a simplement dit:

– J'ai le *scoop* du siècle, Laurence.

Geneviève m'annonce qu'elle a le *scoop* du siècle trois fois par semaine, je ne m'emballe plus pour rien.

– Tu ne veux pas savoir?

Évidemment, je voulais qu'elle me raconte tout. Quelle question!

– Ton frère Jules est amoureux!

J'étais déçue.

– Pourquoi tu soupires comme ça?

– Parce que c'est pas un *scoop* du tout, Ge.

– Tu le savais?

– On l'a tous deviné.

– Et j'imagine que tu sais de qui il est amoureux ?

Ce dernier détail m'intéressait, par contre. Évidemment, Geneviève tenait à ce que je devine qui était l'heureuse élue. J'ai dû nommer au moins trois douzaines de candidates. À bout de ressources, j'ai finalement donné ma langue au chat. Ce n'est qu'en descendant de l'autobus, tout juste avant d'entrer au centre commercial, que Geneviève a enfin consenti à me livrer le grand secret...

– Tu vas hurler, Laurence.

– Je suis prête.

– Tu ne me croiras jamais.

– AAAAH !

Alors elle m'a confié avec un ton des plus solennels :

– Ton frère est amoureux de Valérie-Ève Demers-Castonguay la snob !

– Impossible.

– Je te le jure !

– As-tu une preuve ?

– Je les ai vus s'embrasser.

– Le lieu, la date et l'heure exacte, s'il te plaît.

– Cet après-midi, 16 h 37, devant chez toi.

L'heure concordait avec l'arrivée de mon frère à la maison.

– 16 h 37, tu dis ?

– Précisément.

– Combien ?

– Quoi ?

– Le baiser a duré combien de temps ?

Geneviève a réfléchi à la question qui était, elle le savait, de la plus haute importance. Elle a fini par m'annoncer la plus catastrophique des nouvelles :

– Je dirais six secondes.

– Daaaaaaah !

– Je sais, c'est du sérieux.

Avec le temps, Geneviève et moi, on est devenues expertes en matière de baiser. Nous avons élaboré une échelle scientifique d'évaluation du degré d'affection des partenaires en relation avec le nombre de secondes que dure le baiser. Il va sans dire que cette savante théorie a été vérifiée grâce à de nombreuses observations. (Évidemment, nous aurions préféré valider à coups de tests réels, mais bon, c'est la vie.)

En ce qui concerne mon frère, par exemple, un baiser d'une seconde ou deux nous laisserait un peu d'espoir. Le baiser d'une seconde ou deux fait partie de la catégorie «baiser sans lendemain», puisque rien ne prouve qu'un baiser d'une seconde ou deux soit réciproque. Trop rapide. Souvent précipité. À peine le temps de réagir. Aucune signification. Ou si peu.

Par contre, un baiser de six secondes, c'est du solide. On ne peut pas passer six secondes à s'embrasser tranquillement sans le vouloir vraiment. À six, les deux parties sont d'accord, sinon l'une des deux aurait tout le temps de partir en courant. À six on tombe dans l'échelle «amour-passion» ou «amitié troublante sur le point de se transformer en relation amoureuse stable pouvant durer entre six mois et deux ans». C'est prouvé. Je pense.

Enfin, c'est la théorie de Geneviève.

Il fallait donc se rendre à l'évidence. Rendue à six dans l'échelle, Valérie-Ève Demers-Castonguay la snob faisait déjà partie de la famille Vaillancourt. Et personne n'y pouvait rien. À six, il est très difficile de s'immiscer pour faire changer le cours des choses.

– Il n'est peut-être pas trop tard, a fait Geneviève, qui devinait mes pensées.

– Il aurait fallu intervenir avant, tu le sais très bien.

Comment mon frère, qui a tout de même une certaine forme d'intelligence, avait-il pu succomber aux charmes nébuleux de Valérie-Ève Demers-Castonguay la snob? Une peste qui en a fait souffrir plus d'un. Mon frère Jules était sa nouvelle victime. Incroyable...

– Elle va tellement faire mal à ton frère... a continué Geneviève.

– Comme elle l'a fait avec Benjamin Saint-Laurent.

– Même Mathieu Bissonnette est tombé dans le piège.

– Il lui a payé le cinéma, le pop-corn, une crème glacée et le lendemain, elle le laissait pour le grand Mike.

– Pauvre Jules…

– Et pauvre toi, Laurence…

– Moi ? Pourquoi moi ?

– Imagine… Tu vas toujours avoir Valérie-Ève Demers-Castonguay la snob sur les talons.

– Toujours ?

– Même au réveillon de Noël !

– Si elle sort encore avec mon frère dans sept mois. Ce qui m'étonnerait beaucoup.

– Elle peut même devenir ta belle-sœur…

– Arrête!

– La mère de tes neveux et nièces, qui lui ressembleront comme deux gouttes d'eau!

La panique montait.

– Je ne veux pas de Valérie-Ève Demers-Castonguay la snob sous le sapin, Geneviève!

– Trouvons une solution!

– Tu penses vraiment qu'on peut faire quelque chose contre un baiser de 6 dans notre échelle scientifique?

– Déjouons les statistiques!

– Toute une mission…

Tout à coup, son expression a changé. Elle a figé au beau milieu de l'allée.

– Ge?

– Hmm?

– Qu'est-ce que tu regardes?

Elle ne m'a pas répondu.

J'ai regardé dans la même direction qu'elle et j'ai aperçu, dans le rayon des cosmétiques, nul autre que mon frère avec sa douce…

Ils discutaient, ils riaient, ils testaient des parfums. Pathétique!

– On les espionne toute la soirée, Laurence! On les suit. On aura une meilleure idée de ce qui t'attend. On pourra sûrement détecter si c'est du sérieux ou pas.

– Pas question de les suivre. Trop risqué. On rentre!

– On rentre?

– On n'a pas une minute à perdre, Ge. On doit élaborer un plan solide pour contrecarrer les leurs.

Animée d'une sagesse que je ne lui connaissais pas, Geneviève m'a répondu :

– Bof.

– Tu n'es pas d'accord ?

– Au fond, s'ils sont amoureux, tant mieux pour eux.

Elle avait parfaitement raison.

Mais l'image de mes futurs neveux et nièces qui ressemblaient à mon éventuelle future belle-sœur était la plus forte dans mon esprit.

– Voyons les choses autrement, Ge. Je ne le fais pas pour moi, mais pour éviter du chagrin à mon frérot.

– Ça, ça me convient! a répondu Geneviève, vite convaincue. On rentre tout de suite.

Tout est dans la manière de présenter les choses.

On a d'abord émis tout plein d'idées sans aucune censure. Il fallait trouver une bonne stratégie pour s'introduire entre les deux amoureux. Et c'est moi qui, honnêtement, et cela dit bien humblement, ai eu la meilleure. J'ai soumis mon coup de génie à Geneviève en fin de soirée. Je me doutais bien, non, j'étais certaine qu'elle serait impressionnée. Sans même prendre le temps de réfléchir deux secondes à ma proposition, elle m'a lancé:

– Jamais de la vie, Laurence! C'est la pire idée.

– Mais pourquoi? C'est le plan parfait. La pauvre Valérie-Ève va craquer. Paraît qu'elle est hyper jalouse.

– Trouve quelqu'un d'autre. Moi, je ne peux pas. Ton plan est trop cruel.

– Voyons, Ge. Ce serait beaucoup plus cruel de laisser mon frère courir à sa perte, non?

– Pas cruel pour Jules, Laurence...

– Cruel pour qui? Pour elle? Serais-tu solidaire avec Valérie-Ève Demers-Castonguay la snob, toi? Tu es de son côté ou du mien?

Elle n'a pas réagi. Je ne saisissais toujours pas.

– Geneviève? You hou? Cruel pour qui?

– Cruel pour moi, Laurence.

– Pour toi?

Elle avait l'air sérieuse.

– En quoi ce serait cruel pour toi de faire semblant d'être amoureuse de mon frère seulement pour rendre Valérie-Ève jalouse?

Elle n'a pas répondu.

– Ge…?

Toujours la même expression sur son visage. Un tout petit doute m'a traversé l'esprit. J'ai risqué:

– Tu n'es quand même pas amoureuse de mon grand nono de frère pour de vrai?

Je m'attendais à ce qu'elle éclate de rire et qu'elle me rétorque:

– Es-tu tombée sur la tête? Franchement, Laurence! N'importe qui, mais pas ton frère!

Ce que j'aurais compris.

Mais elle n'a rien répliqué. Son silence m'a fait frémir.

– Geneviève Fortin, es-tu amoureuse de Jules?

Elle a marmonné un truc que je n'ai pas saisi.

– Peux-tu faire une phrase avec un sujet et un verbe pour m'aider un peu?

Elle m'a alors annoncé avec tout le sérieux du monde:

– C'est comme un genre d'espèce de *kik*...

– Un genre d'espèce de *kik*?

C'est bien ce qu'elle avait dit.

– Un genre d'espèce de *kik* qui dure depuis quand, exactement?

– Depuis... la maternelle, a avoué Geneviève.

– Depuis qu'on se connaît?

– Je le trouve trop mignon.

– Mignon ? Attends ! Tu parles bien de Jules Vaillancourt ?

La révélation m'a jetée par terre. Ma meilleure amie était amoureuse de mon frère depuis toujours. Un silence a suivi. Le temps de bien assimiler l'information. Puis, je suis revenue à mes moutons.

– Je l'ai, Ge ! Je pense que j'ai une meilleure idée…

Je lui ai expliqué en détail les différentes étapes de mon plan machiavélique. Un plan parfait. Sans faille. C'est ce que Geneviève trouvait aussi. Aussitôt que V-E-D-C la snob poserait le pied dans notre maison, j'agirais. Et ce jour-là, pour toutes les raisons du monde, je savais que Geneviève serait à mes côtés.

J'ai dû attendre une bonne semaine avant de pouvoir mettre mon plan à exécution. Mon frère Jules est finalement arrivé avec Valérie-Ève Demers-Castonguay la snob le samedi suivant. Il nous l'a présentée rapidement. Sans insister. Il n'a même pas pris le temps de prononcer son nom en entier. Il a simplement marmonné :

– C'est Val.

– Oh ! a fait ma mère en reluquant ses longues bottes de cuir noir à talons aiguilles qu'elle n'avait même pas daigné enlever en entrant.

Sans sourire, Valérie-Ève nous a salués, mes parents, mon petit frère et moi, puis elle a traversé le salon sans rien dire en laissant des traces de boue sur le tapis.

– Wow! s'est exclamé mon petit frère.

– Qu'est-ce que tu lui trouves? j'ai demandé.

– On dirait Cat Woman...

Geneviève était dans ma chambre. Elle observait la scène derrière la porte entrouverte. Elle m'a fait signe de mettre mon idée de génie à exécution. J'ai pris une grande respiration et j'ai intercepté mon grand frère en disant, le plus naturellement du monde:

– Judith vient de téléphoner.

– Qui?

– Tu devrais la rappeler.

– Judith qui? a demandé Jules en fronçant les sourcils.

30

– Je sais pas, moi. C'est ton amie, pas la mienne.

Cat Woman lui a aussitôt lancé un regard foudroyant. Je le sais, j'étais là. Les gens se souviennent toujours où ils étaient lors des moments importants. Eh bien, moi, j'étais dans le salon quand machin la snob a décoché à mon frère un de ces regards auxquels peu survivent.

– Je ne connais même pas de Judith, s'est défendu le pauvre Jules.

– Peut-être… mais elle avait l'air vraiment déçue de ne pas pouvoir te parler… j'ai ajouté pour enfoncer le clou.

– C'est qui, Judith ? a demandé Valérie-Ève.

– Aucune idée ! a juré mon frère en levant la main droite.

Elle ne le croyait pas. Je ne l'aurais pas cru non plus.

– C'est sûrement une erreur de numéro, s'est rapidement défendu Jules.

– Ben oui… a chuchoté miss avec une moue de gros bébé gâté.

Quel splendide départ ! Triomphante, je suis allée retrouver Geneviève. Elle semblait contrariée.

– Tu t'arrêtes là ? C'est tout, Laurence ?

32

– Pour aujourd'hui, oui. Il faut y aller progressivement, semer le doute. On va mettre la deuxième partie du plan à exécution plus tard.

– Quand?

– Au cours de la semaine.

La belle et énigmatique Judith devait revenir en force dans la vie de mon frère deux jours plus tard. Il ne fallait pas perdre de temps. Geneviève avait pour mission, ce jour-là, de laisser un mystérieux message sur le répondeur. Je lui ai conseillé de faire son appel vers midi, alors que la maison serait déserte.

– Téléphone d'une cabine téléphonique, Ge! Jules ne pourra jamais retrouver le numéro...

– Aaah! C'est excitant!

– N'oublie pas de changer ta voix!

– Et je dis quoi?

– Improvise!

Je lui faisais confiance.

Quand je suis rentrée de l'école vers 16 heures, mon frère dévorait des natchos gratinés dans le salon. J'ai stratégiquement appuyé sur le bouton du répondeur et monté le volume. Il y avait trois nouveaux messages. Ma grand-mère nous invitait à souper le dimanche suivant. Le club vidéo nous avisait que Jules avait ENCORE un DVD en retard et une petite voix dangereusement douce disait ceci:

Euh… bonjour, mon message est pour Juuules. Salut, Juuules, c'est Judith. Peux-tu me rappeler steplaît? Bye!

Ah oui!

Euh... j'voulais te dire : j'adooore ta nouvelle coupe. Byyyyye !

Mon frère semblait en état de choc. Il s'est approché du répondeur en demandant, avec un brin de panique dans la voix :

– C'est qui, cette fille-là ? Elle me dit de la rappeler, mais elle ne me laisse même pas son numéro. Ça fait deux fois qu'elle me téléphone...

– Quatre fois ! Deux fois hier, j'ai oublié de te le dire.

– Elle m'espionne, elle connaît mon numéro... elle a même remarqué ma coupe de cheveux... c'est fou. Même Val n'a rien vu.

– C'est une de tes grandes admiratrices, c'est clair.

– Mais je ne connais aucune espèce de Judith.

– C'est peut-être quelqu'un qui n'a jamais osé t'avouer son amour...

– C'est ridicule !

– C'est tellement romantique...

Mon frère était sur le point de réécouter le message quand le téléphone a sonné. J'ai répondu. C'était sa « Judith ». Évidemment, il ne le saurait jamais...

– Laurence ? C'est Ge. Est-ce que ton frère a entendu mon message ?

– 10 sur 10.

– Tu ne peux pas parler ? Il est à côté de toi ?

– Exact.

– Est-ce qu'il a eu mon cadeau ?

– Ton quoi ?

– J'ai déposé un paquet dans votre boîte aux lettres.

– Bonne initiative!

– Dis-moi un mot pour décrire la réaction de ton frère quand il a entendu le message.

– Choc.

– *GOOOOD!* On continue le plan d'attaque?

– Mollo. OK?

– Oh que non.

J'ai raccroché. Mon frère, cherchant à élucider le «mystère Judith», a réécouté le message du répondeur une bonne dizaine de fois en répétant:

– N'empêche que la voix me dit quelque chose...

J'avais vraiment chaud. Geneviève n'avait pas fait un énorme effort pour transformer sa voix. Heureusement, il n'a pas réussi à faire le lien avec ma meilleure amie.

En rentrant ce soir-là, ma mère a remis un petit paquet à mon frère en disant simplement:

– C'est pour toi, Jules. C'était dans la boîte aux lettres.

– Pour moi?

– Sans timbre... c'est bizarre.

Il s'est empressé de l'ouvrir.

– Wow! a laissé tomber Jules, visiblement chamboulé.

– Qu'est-ce que c'est? j'ai demandé, l'air faussement naïf.

– Le dernier CD du groupe Off Beat! Il vient tout juste de sortir.

– Un cadeau de ta blonde? On peut dire qu'elle connaît tes goûts...

– Valérie-Ève ne sait même pas que j'écoute Off Beat. Elle ne m'offrirait jamais un cadeau pareil...

– Ah?

Il m'a fait lire la petite note qui accompagnait le cadeau:

> Je sais à quel point tu les aimes...
>
> À+ Judith x

Évidemment, j'ai joué la surprise:

– Encore elle? C'est pas possible...

– Elle connaît même mes goûts musicaux...

– Brr! Ça me fait peur, moi, des histoires pareilles.

– Laurence, t'aurais pas vu quelqu'un mettre un paquet dans la boîte aux lettres?

Alors, j'ai inventé. J'ai parlé d'une fille que j'avais vaguement aperçue, descendant les marches devant chez nous, cet après-midi. Elle avait l'air pressée. Elle s'est mise à courir et tout et tout.

– Peux-tu la décrire ?

Spontanément, j'ai décrit Geneviève.

– Longs cheveux noirs, grande comme moi environ.

– Jolie ?

– Très.

– C'est sûrement Judith !

– Tu sautes un peu vite aux conclusions, non ?

– Laurence, il faut la démasquer ! Quitte à mettre la police dans le coup.

– La police ?

– Je veux absolument savoir qui c'est. Cette fille-là me connaît par cœur !

– Quelqu'un qui te connaît par cœur et qui t'aime quand même, c'est rare, Jules!

– Quoi?

– Rien.

Quand j'ai raconté à Geneviève la discussion que j'avais eue avec mon frère, que je lui ai décrit sa réaction quand il avait déballé son cadeau, elle ne portait plus à terre.

– Laurence, c'est extraordinaire. Te rends-tu compte que ton frère est en train de tomber follement amoureux de moi, sans le savoir?

– Il faut arrêter ce petit manège, Ge. Il veut mettre la police dans le coup.

– La police?

– Je vais lui dire que Judith, c'est toi.

– Non, attends! Je sais ce que je vais faire. As-tu confiance en moi, Laurence?

– Ça dépend.

C'est à ce moment-là que j'aurais dû demander des précisions sur le plan qu'elle mijotait.

Judith a rappliqué le lendemain en laissant un nouveau message troublant sur notre répondeur. Cette fois, la voix chaude, un peu trop sirupeuse mais visiblement fébrile, disait ceci :

Euh... bonjour, mon message est pour Jules. Jules, c'est Judith. Je... j'aimerais vraiment te voir. Il faut absolument que je te parle. Viens me rejoindre à 19 heures au coin de la 8ᵉ rue et de la 12ᵉ. Je t'attends. OK ? À tantôt. Byyyyye.

– Elle m'attend... répétait Jules comme un zombie. Elle m'attend...

– Ce qui ne veut pas dire du tout que tu es obligé d'y aller, Jules.

Mon frère m'a regardée comme si j'avais complètement perdu la raison.

– C'est certain que j'y vais, Laurence ! Je vais enfin savoir qui c'est !

Comment retenir Jules ? Le prévenir d'un danger éventuel, peut-être...

– Tu ne sais pas qui tu peux rencontrer là, Jules.

– Peut-être l'âme sœur...

– Mais peut-être un affreux maniaque fou dangereux !

– Ben non.

La partie était loin d'être gagnée. Je le savais.

– Tu ne devais pas sortir avec Valérie-Ève, toi, ce soir ?

– AH! C'est vrai! Laurence, ma petite sœur adorée, si jamais elle téléphone, dis-lui que je suis parti souper chez Jérôme.

– Pas question de mentir.

Le téléphone a sonné. Jules a hurlé :

– Si c'est Judith, dis-lui que j'arrive, mais si c'est Valérie, dis-lui que je suis pas là. Non, l'inverse ! AAAAAAH ! Qu'est-ce que je fais ?

L'appel n'était même pas pour lui.

Il a enfilé son manteau. Comme je savais que je ne pouvais pas l'arrêter, je lui ai annoncé sans lui laisser le choix :

– J'y vais avec toi.

– Hein ?

– C'est peut-être un piège, Jules. On n'est jamais trop prudent.

Il a soupiré, mais on est sortis tous les deux. La soirée était douce. Je marchais avec mon frère et j'ai pensé que, malgré tout, cette histoire nous avait rapprochés. Est-ce que je devais lui révéler la vérité avant qu'il ne la découvre ?

– J'ai vraiment hâte de la voir…

– Mais Jules, tu as déjà une blonde, non ?

– Je le sais, mais avec Judith, c'est différent.

Au coin de la 8e rue et de la 12e, il n'y avait personne. Enfin, une petite dame avec son chien qui attendait pour traverser et puis c'est tout.

– Sûrement pas elle, hein ? a chuchoté mon frère.

– Ça m'étonnerait…

Une grande blonde s'est approchée de nous en courant. Mon frère a écarquillé les yeux. Elle a continué son chemin. Rien à voir avec son âme sœur. On a attendu un bon moment, puis Geneviève est arrivée. Elle était surprise de me voir au rendez-vous, mais ce n'est pas moi qu'elle a d'abord saluée…

– Salut, Jules ! a-t-elle lancé, les yeux pétillants.

– Allo… a répondu mon frère en fixant l'horizon, espérant toujours sa Judith qui se faisait attendre, rêvant d'une Judith qui ne viendrait jamais, passant à côté de Geneviève qu'il ne voyait même pas.

Geneviève m'a regardée. Elle ne savait pas trop comment réagir. Je lui ai fait comprendre qu'on devait partir. Que c'était mieux ainsi.

– Au fond, tout est parfait! a déclaré Geneviève quand on s'est retrouvées seules toutes les deux. La preuve est faite!

– Quelle preuve?

– Valérie-Ève Demers-Castonguay la snob ne sera pas à votre réveillon!

– Tu penses?

– Crois-tu vraiment qu'un gars amoureux fou de sa blonde accepterait l'invitation d'une belle et mystérieuse inconnue?

Depuis ce soir-là, la belle Judith n'a plus jamais laissé de message sur le répondeur. Mon frère n'a plus jamais trouvé de cadeau dans la boîte aux lettres. Quant à Valérie-Ève Demers-Castonguay la snob, Jules n'en parle plus. Je pense que c'est terminé. Il ne flotte plus d'odeur de lotion après-rasage dans la maison, en tout cas.

Geneviève soupire toujours pour les yeux de mon frère, mais j'ai pris une sage décision. Malgré mes idées de génie, je ne me mêlerai plus jamais des amours des autres.

Plus jamais.

YO

«– Noooooonnnn!

C'est là que je me suis
réveillé subitement
avec une odeur de
mouffette dans les
narines. Ce rêve de
fou-là, c'était avant-
hier. On aurait dit
un dessin animé.
Je n'aime pas ça. Les rêves,
c'est nul à côté d'une aventure
avec Ré…»

– Aaaaaaaahhhhh !

J'ouvre les yeux. Assis sur mon lit, frigorifié et en sueur, j'en tremble encore. Ré et moi, les pieds rivés sur la même planche à neige, on tombait dans le vide. Une seconde de plus et on se fracassait au fond d'un ravin. Je me suis réveillé juste à temps. Quel cauchemar !

Ré est parti il y a cinq jours et c'est comme ça toutes les nuits depuis. Je rêve. Des rêves terribles avec Ré dedans. Des rêves aussi qui me rappellent des aventures qu'on a vécues ensemble…

Bip! Bip! Bip!

Je sursaute. Vivement, je me retourne pour aplatir le bouton de mon réveille-matin. Dans le mouvement, je heurte mon verre d'eau, qui culbute par terre en se vidant dans mes pantoufles en mouton. Bravo!

Bip! Bip! Bip!

Frustré, j'écrase le bouton...

Crac! Je bousille l'appareil.

Biiiiiiiiiiiiiiii...

La carcasse émet son dernier son. Ce réveil ne me réveillera plus jamais. Mais, sur le petit écran tordu, les heures et les minutes clignotent toujours, m'indiquant que la vie doit continuer... avec ou sans Ré.

Machinalement, je me lève et plonge dans mes pantoufles.

54

Squissh! Squissh!

En deux coups de pied, je les propulse au plafond, éclaboussant au passage le miroir et la commode. La première pantoufle atterrit sur ma tête, où elle achève de se vider. L'autre? Que le diable l'emporte!

Dans le miroir mouillé, je me regarde, dégoûté. La pantoufle me glisse lentement sur l'épaule, puis s'étale sur mon lit. J'ai l'air de sortir d'une piscine.

Depuis le départ de Ré, en plus de rêver, je n'arrête pas de gaffer.

La cuisine est déserte. Comme tous les matins, mes parents sont partis travailler. Je m'assois tout seul à table devant le jus d'orange qu'ils m'ont préparé. À côté, un bol de Froot Loops attend son lait. Leurs yeux globuleux semblent me demander ce que j'attends pour leur en verser. Tel un zombi, je vais chercher le litre dans le frigo et je les noie...

Rien à faire, ils flottent comme un tas de bouées de sauvetage inutiles !

Dépité, je commence à siroter mon jus, mais sans le goûter. Pendant ce temps, mes Froot Loops mollissent et s'enfoncent dans leur lait, absorbant tout le liquide comme des éponges. Au moment où je m'aperçois que ce n'est plus que de la *bouette*, c'est l'heure de partir pour l'école.

Je cours à ma chambre. Je repère mon sac d'école affalé dans un coin, le referme en vitesse, espérant qu'il y a tout ce qu'il faut dedans. Je me dirige vers le hall d'entrée, où j'enfile mes bottes et mon habit de neige. Finalement, j'enfonce ma casquette sur ma tête et je ferme à clé…

Mon sac d'école, je le trouve vraiment lourd, ce matin.

Je longe le cimetière. À ma droite, mon ombre glisse sur le mur de pierres qui me sépare des tombes. Au moment où je passe devant le portail principal, tout d'un coup me revient à la mémoire le cauchemar que j'ai fait ce matin…

Comme maintenant, je marchais tout seul sur le chemin de l'école en longeant le cimetière. Mais c'était la nuit.

Soudain, dans mon dos, je sens mon sac d'école qui prend vie. Les courroies, comme des étaux, m'enserrent les épaules et m'empêchent d'avancer. J'ai beau me débattre, le sac me retient solidement, me fait pivoter, puis me pousse vers le grand portail du cimetière!

Malgré mes efforts pour résister, le sac m'écrase contre la grille et je me retrouve la tête coincée entre deux barreaux. Le froid du métal me brûle les joues. Devant mes yeux exorbités, une longue allée sépare les tombes qui s'étalent à l'infini, de chaque côté. Puis, lentement, ma vue s'embrouille dans la buée qui monte de ma bouche pendant que mon sac d'école, doté d'une puissance irrésistible, me pousse à travers les barreaux...

Me voilà à l'intérieur du cimetière!

Cette fois, c'est ma casquette qui s'anime et m'enserre le crâne, m'obligeant à tourner la tête et à diriger mon regard vers une silhouette menaçante qui se détache au sommet de l'allée...

On dirait Darth Vader dans *Star Wars*!

Sur le front du spectre, soudain, une lumière blanche et puissante s'allume et m'aveugle. Quand je rouvre les yeux, je me rends compte que le fantôme descend vers moi. Accroupi sur une planche à neige flamboyante qui l'illumine par le bas, Darth Vader dévale l'allée du cimetière. Sa cape noire flotte derrière lui comme celle de Batman et, fixé à son casque luisant, l'œil éblouissant ne me lâche pas. Il fonce sur moi et j'ai peine à garder les yeux ouverts. Soudain, juste avant l'impact, je reconnais celui qui se cache sous le casque et la cape...

Ré!

Vivement, je bondis de côté et saute derrière lui sur sa planche en feu. Devant nous, le portail du cimetière s'ouvre comme par magie sur la cime d'une montagne enneigée... en plein jour! Les bottes fixées sur la même planche, Ré et moi, on plonge en hurlant dans la pente abrupte et ensoleillée. En parfait synchronisme, on exécute un slalom géant. De chaque côté de la piste, on soulève des gerbes de neige qui atteignent le sommet des sapins. Puis, cessant nos zigzags, on file *downhill*, droit vers un tremplin vertigineux qui pointe vers le ciel. Notre planche siffle sous nos pieds. Écrasés par la force centrifuge, on atteint le creux du tremplin et...

Swisssh !

Propulsés dans le ciel, on n'a plus de poids. Tout est devenu silencieux et notre vol plané se poursuit dans l'azur infini. Mais bientôt on commence à redescendre. Les pieds prisonniers de notre planche, on se débat pendant notre chute libre entre deux montagnes. En bas, une petite rivière coule au fond d'un ravin de glace. Dans une seconde, on va s'écraser !

C'est là que je me suis réveillé. Assis dans mon lit, frigorifié et en sueur, j'ai détruit mon réveille-matin et éclaboussé toute ma chambre avec mes pantoufles pleines d'eau...

Encore habité par ce cauchemar, je poursuis ma marche solitaire. Le cimetière est déjà loin derrière moi... et devant, voilà l'école! Dans quelques minutes, la cloche va sonner et je vais devoir entrer.

À l'intérieur des hauts grillages qui clôturent la cour de récréation, les enfants s'amusent avant le début des cours. Certains – les gars surtout – font tout ce que j'aimais tant faire avec Ré : glisser, crier, se chamailler, se lancer de la neige en pleine face, se bousculer, se voler la tuque, se donner des «jambettes»...

Autrement dit, avoir du fun!

Et justement, cela me rappelle un autre rêve épouvantable que j'ai fait. Toute mon école était détruite. C'était effrayant! Là aussi, j'ai pensé mourir.

C'était pendant la récréation. Ré et moi, on jouait dans un coin isolé de la cour. La neige était collante et on s'amusait à se bombarder de mottes. Soudain, on entend une voix perçante:

– Allôôôôôôôô... c'est môôôôôôôiiiiii...

Du coup, notre combat s'arrête. Nous nous retournons:

– Non! Pas elle!

Chaussée de bottes en poils de mouffette, Kathy les tresses est plantée là, dans le banc de neige. Sur sa face ronde se dessine son éternel sourire surmonté de ses petits yeux rapprochés. Deux immenses tresses noires sortent de son bonnet de fourrure et pendent mollement le long de ses bras, jusqu'à ses grosses mitaines. Une vraie caricature. Soudain, d'une voix aiguë, elle nous propose:

– On fait une grosse boule?

Ré et moi, on se regarde et on dit:

– D'accord!

Vivement, on saisit Kathy par les épaules. Comme une quille, on la couche sur le côté, puis on commence à la faire rouler. La neige colle bien sur elle et une boule commence à se former. Sa tête tournoyante dépasse encore et ses yeux pétillent de joie. Elle émet de petits cris:

– Ouiiiiiiiii! J'suis étourdiiiiiiie! Ouiiiiiiii!

Stimulés par ces couinements stridents, Ré et moi, on trouve la force nécessaire pour la pousser jusqu'à l'extrémité la plus haute de la cour d'école, où la boule, devenue immense, s'immobilise enfin.

De chaque côté n'émergent plus que deux tresses noires et deux bottes en poils de mouffette.

Silence.

Ré et moi, on s'arc-boute derrière le monument de neige et on se met à pousser. L'immense sphère oscille et finalement s'ébranle. D'abord lentement, puis de plus en plus vite, elle dévale la côte et fonce droit sur les enfants qui jouent et piaillent, en bas. Elle grossit, grossit, faisant fuir toute la marmaille grouillante qui se trouve sur son chemin. À gauche, les tresses tourbillonnent à une vitesse folle. À droite, les bottes-mouffettes virevoltent dangereusement pendant que la boule gigantesque écrase tous les jeux d'enfant, les transformant en tas de ferraille. Puis, juste avant que la boule frappe l'école, un grondement sourd s'élève... c'est le choc titanesque!

Dans une explosion de neige et de débris, l'édifice, touché en plein centre, vole en éclats. S'ensuit une pluie de morceaux d'école... des bureaux, des chaises, des ordinateurs... Effrayé, je recule.

Là-bas, Kathy, telle une géante maladroite, se relève péniblement au milieu des décombres. Debout, elle est devenue si grande qu'elle cache le soleil. De chaque côté de sa tête, ses deux tresses dansent dans le ciel, si longues qu'elles atteignent l'horizon. Titubante, la géante achève de détruire l'école avec les deux mouffettes qui gigotent au bout de ses jambes. Elle fait ensuite un pas en avant, puis un autre... vers moi!

Enfin, elle s'arrête, triomphante, pendant qu'une odeur pestilentielle envahit l'espace.

– Pouah!

J'en ai le souffle coupé. Dix mètres au-dessus de moi, le sourire de Kathy est devenu sadique et ses deux yeux rapprochés me fixent, injectés de sang. Ses tresses se sont transformées en cornes. Enfin, lentement, levant un pied, elle soulève au-dessus de moi une de ses monstrueuses mouffettes, menaçant de m'écraser. Sous sa botte, l'animal me fixe de ses deux billes noires pendant que son museau se soulève, découvrant une dentition de loup. Sifflante et plus nauséabonde que jamais, la mouffette descend sur moi en se tortillant de plaisir.

Je me retourne. Ré n'est plus là! Il m'a abandonné alors que Kathy les tresses est sur le point de m'aplatir.

– Ouiiiiiiiiiiiiiii! crie-t-elle là-haut, victorieuse, alors que je disparais dans l'ombre de sa botte puante.

– Noooooonnn! je crie en-dessous, les pieds coincés dans la neige...

Je me suis alors réveillé avec une épouvantable odeur de mouffette dans le nez.

Ce rêve de fou-là, c'était avant-hier. On aurait dit un dessin animé.

Je n'aime pas ça. Les rêves, c'est nul à côté d'une vraie aventure avec Ré...

« Pin ! Pon ! Pin ! Pa-hon !... Pa-hon ! Pin ! Pin ! Pa-hon !... »

L'école commence dans cinq minutes !

Dans la cour de récréation, tout est normal. Au son de la cloche, les élèves abandonnent leurs jeux et s'engouffrent dans l'édifice.

Sans enthousiasme et traînant les pieds, je les suis. Je pousse la porte. Comme un robot programmé, j'enfonce ma casquette au fond de ma poche et j'arpente le corridor qui me mène à mon crochet, où j'abandonne mon manteau et mes bottes. Puis, je traîne mon sac d'école jusque dans ma classe, où mon pire prof m'attend. Madame Esther

Taillefer! Là, derrière leurs verres épais, les petits yeux d'E.T. me sondent et me suivent jusqu'à ma table, en avant. Sagement, je m'assois, attendant que sonne le début du cours...

«Pin! Pon! Pin! Pa-hon!...»

– Analyse de la phrase! annonce aussitôt E.T. Sortez vos cahiers!

Obéissant, j'ouvre mon sac d'école et plonge la main dedans. Je sens alors mes doigts s'enfoncer dans un objet mou et imbibé d'eau...

– Alors, Yohann, ce cahier... ça vient?

– Euh... oui, madame Taillefer, tout de suite.

Honteux, j'extirpe ma pantoufle mouillée de mon sac et j'étends le bras sous mon bureau afin de la cacher. Mais rien n'échappe aux lentilles jumelles posées sur le nez d'E.T. Déjà, le double périscope s'abaisse et converge sur l'objet. Les globes oculaires font immédiatement la mise au point sur ce qui pourrait rappeler une mitaine sortie d'un seau pour laver une auto.

– Qu'est-ce que…?

– Ma pantoufle, madame.

– Et pourquoi se trouve-t-elle là, cette pantoufle?

– Je… eh bien… ce serait long à expliquer, vous savez. Voyez-vous, c'est une sorte d'accident pas mal compliqué à raconter.

– Et tes cahiers? Ils doivent être beaux, tes cahiers!

J'abandonne ma pantoufle, qui s'écrase mollement sur le plancher. Je pose ensuite mon sac sur mes cuisses et me penche au-dessus pour constater les dégâts…

Des effluves de moisi me montent aussitôt aux narines. L'eau a réveillé l'odeur de toutes les saletés séchées qui traînent au fond depuis des années.

Vivement, je repère mon cahier d'analyse de la phrase, qui a complète- ment adhéré à la paroi de mon sac. Délicatement, je le décolle et le retire. Aussitôt, le périscope d'E.T. se soulève au bout de son cou. Le cahier, qui avait commencé à gondoler, achève de se tordre sous les lentilles exorbitées du prof. J'ai l'impression que ses yeux ont bondi en avant de ses lunettes.

Sacrilège! Un cahier d'analyse de la phrase tout délavé!

Tant bien que mal, je l'étale sur mon bureau. Puis je l'ouvre et glisse mes mains sur les deux pages afin de les aplanir. Mais l'encre de mes phrases durement analysées depuis septembre se transforme en deux grandes ailes bleues… Ça me rappelle la maternelle, quand on peinturait, les mains pleines de gouache, pour faire de grands oiseaux !

À cette vision, les yeux d'E.T. vont exploser, c'est certain. Mais non. Après un moment de flottement, tout dans sa physionomie reprend sa place. Au bout de quelques secondes, froidement, elle se tourne vers la classe et annonce :

– Pendant que Yohann achève de mettre de l'ordre dans ses affaires, je vais écrire au tableau la phrase à analyser cette semaine.

Elle se retourne et écrit en appuyant très fort sur la craie :

Dans son sac d'école, Joannie a oublié sa pantoufle mouillée.

Joannie, c'est l'héroïne de toutes les phrases qu'E.T. nous donne à analyser. Aujourd'hui, je n'ai vraiment pas besoin de l'analyser, la phrase d'E.T., pour comprendre ce qui est arrivé à Joannie.

Les élèves ont trimé dur pendant une bonne demi-heure sur la mésaventure de Joannie. De mon côté, avec la permission d'E.T., je suis allé tordre ma pantoufle aux toilettes, puis, en revenant, j'ai vidé mon sac pour la première fois depuis longtemps. J'y ai découvert quelques très anciennes friandises maintenant collées les unes aux autres. Tous mes cahiers étaient trempés. Avec un fer à repasser, j'allais peut-être réussir à les sauver.

Finalement, comme les filles avec leurs oursons, j'ai coincé ma pantoufle encore humide entre les courroies qui referment mon sac, derrière... mais mon ourson avait plutôt l'allure d'un chat mort.

« *Pin! Pon! Pin! Pa-hon!...* »

Pendant que tout le monde court à la récréation, moi, je quitte la classe sans enthousiasme, écœuré par tous ces rêves et toutes ces gaffes qui se multiplient depuis le départ de Ré. Tête basse, je retourne à mon crochet. Tel un automate, je remets mes bottes et récupère mon manteau, que j'enfile en rasant les murs du corridor qui mène dehors...

Là, je suis stoppé par les cris qui remplissent, plus joyeux que jamais, la cour de récréation. Une nouvelle neige s'est mise à tomber et les enfants sont surexcités...

Pas moi!

Non, moi, je tire ma casquette de ma poche et la cale solidement sur ma tête, pour bien la sentir! Peut-être aussi pour m'en faire un bouclier, ou même une arme offensive... parce que ma casquette, elle est vraie. Elle, au moins, ce n'est pas un rêve!

Ainsi blindé et sourd à tout, je traverse comme un char d'assaut tous les éclats de voix. Renfrogné, je m'adosse contre la clôture à l'extrémité de la cour, un pied appuyé au grillage. Là, impuissant, je laisse la neige tomber sur tout. Les yeux rivés sur mes bottes, vais-je encore me remémorer un rêve?

Non! Des rêves, je n'en ai plus! Tous mes rêves sont maintenant épuisés. Ceux que j'ai faits avant le départ de Ré, je les ai tous oubliés. J'ai même l'impression que je n'en faisais jamais. Normal. C'est inutile de rêver la nuit quand tu as un ami comme Ré le jour.

Et puis, les rêves, c'est assez!

Alors quoi?

À l'instant même, une cloche sonne... mais cette fois, ce n'est pas celle de l'école. C'est une cloche dans ma tête! Une cloche qui me dit que non, mes rêves ne sont pas épuisés! Qu'il m'en reste un et que j'allais l'oublier. Un rêve que j'ai eu avant le départ de Ré... le rêve de ma vie...

La guitare!

Soudain, je comprends que ce rêve-là, il est possible. C'est vrai qu'il faut se contorsionner les mains et ça fait mal aux bouts des doigts. On s'y casse même les ongles, pour ne pas dire les dents. En plus, la musique, c'est tellement compliqué...

Mais, au moins, c'est possible!

Ce soir, justement, j'ai un cours avec madame Élyse.

Le reste de la journée a passé très vite. J'ai aplati mes cahiers mouillés sous deux dictionnaires. Sur des feuilles mobiles, j'ai fait tout ce qu'E.T. m'a demandé. Facile. Je n'avais plus la tête ailleurs et jamais je n'ai été aussi présent à l'école. Très concentré sur les tâches, je les réussissais toutes haut la main... et vite! E.T. n'en revenait pas. Les seuls moments où je n'étais plus là, c'était quand j'attendais que les autres finissent. Je me mettais alors à penser au cours qui m'attendait ce soir, à 19 heures, chez madame Élyse.

Pendant la pause du dîner, Clothilde m'a prêté son lecteur MP3. Elle voulait absolument que j'écoute du *slam*. Elle m'a interpellé comme Ré le faisait si souvent :

– Hé, Yo! C'est Grand Corps Malade. J'suis sûre que tu vas aimer ça. C'est du *slam*! Bien mieux que du *rap* ou du *hip hop*. En plus, c'est en français!

Clothilde, je pense qu'elle est la plus intelligente de la classe. Elle lit beaucoup, surtout des affaires sérieuses. On se parle rarement, mais on s'aime bien. Je l'appelle Clo. Elle suit des cours de piano avec madame Élyse et on a eu deux histoires ensemble. C'est avec elle que j'ai vécu mon pire party... et que j'ai eu la honte de ma vie. Mais je ne lui en veux pas. Les deux fois, ça s'est bien terminé : on s'est presque embrassés.

Elle a une sœur jumelle, Justine, qui est beaucoup plus laide parce qu'elle essaie d'être belle comme les filles dans les revues. Elle, je ne lui parle jamais.

Oui, parce que c'était Clo, j'ai écouté son Grand Corps Malade au complet. J'ai adoré. Le gars, il prononce tellement bien qu'on comprend tout... même si, des fois, il y a des mots français qui viennent comme d'un autre pays. Et c'est fou la quantité de mots ! Difficile à dire s'il chante ou s'il parle... En tout cas, c'est drôlement bien rythmé.

– Merci, Clo.

19 heures. Guitare au dos, je cogne à la porte de madame Élyse. Elle me sourit. J'entre. Elle m'accompagne jusque dans la pièce qu'elle a aménagée pour ses cours. Il y a un piano. Deux guitares sont appuyées sur leur support. Pendant qu'elle en prend une, moi, j'ouvre mon étui et je sors la mienne. Je m'assois sur le petit banc et, ensemble, nous accordons nos instruments.

Je sais très bien faire cela, maintenant.

Puis, presque sans un mot, madame Élyse me propose une feuille de musique, qu'elle pose sur le lutrin devant moi. Je la reconnais. C'était ma dernière leçon. Une pièce facile.

Je me penche sur ma guitare et, complètement absorbé, je me mets à jouer. Tendu, crispé, presque recroquevillé, je m'efforce de ne manquer aucune note. Mes yeux vont et viennent, de ma guitare à la feuille, de la feuille à ma guitare. Enfin, épuisé, je pince la dernière corde. La note est parfaite et un long silence s'ensuit. Je suis content. Au bout de quelques secondes, madame Élyse me demande :

– Tu as beaucoup répété ?

– Non, je dis. J'ai passé ma semaine à rêver.

– Pourtant, tu as bien réussi ton morceau. C'était très musical vers la fin. Ton cœur, ta sensibilité… ça commence à passer dans ton jeu…

– J'veux devenir bon. C'est le rêve qui me reste. Je suis prêt à travailler très fort. Les autres rêves, ça sert à rien…

J'hésite avant de poursuivre :

– Voyez-vous, j'passe mon temps à m'tirer dans des ravins avec Ré… ou à détruire des écoles… Ça m'écœure !

– Tu parles des rêves que tu fais la nuit?

– Oui.

Elle réfléchit un moment avant de répondre.

– Moi, Yohann, je pense que les rêves sont utiles. Souvent, ils servent de défoulement et ça soulage un peu. Le jour, on fait moins de bêtises...

– C'est pas mon cas! J'arrête pas de gaffer.

– Tu as la tête ailleurs, peut-être... ton ami Rémi est parti...

– Oui. J'sais plus quoi faire.

– T'en fais pas. Tout s'arrange avec le temps. Concentre-toi sur la guitare. Et tes rêves, la nuit, laisse-les venir. Ils contiennent parfois des trésors. Tu sais ce qui m'arrive parfois, moi, quand je rêve?

82

– Non. Quoi ?

– Eh bien, parfois, mes rêves m'inspirent des mélodies. Et quand ça arrive, tout de suite, je me lève, même au milieu de la nuit, et j'écris les notes qui me sont venues en rêvant. J'ai composé, comme ça, quelques jolies chansons.

– C'est vrai ?

– Oui, mais il faut tout de suite te lever et écrire. Sinon, tu perds tout. C'est précieux, parfois, les rêves. Ce sont des idées qui sortent de toi… qui disent ce que tu es… ce que tu ressens dans ton cœur.

Je suis couché pour la nuit et je pense. Le cours avec madame Élyse a été génial. J'ai encore beaucoup progressé. Elle m'a laissé quelques feuilles de musique. Des morceaux un peu plus compliqués. Elle va être surprise la semaine prochaine. Je vais travailler une heure par jour, minimum...

Je ferme les yeux. Dans une seconde, je vais m'endormir et avoir un autre cauchemar. Tant pis. Juste avant, j'ai une dernière pensée pour Ré... avec qui j'ai encore tant de choses à faire, il me semble, et à qui j'ai tant de choses à dire...

Avec toute mon âme, je te dis ce que je veux
Je veux, Ré, que de mes rêves enfin tu sortes
Que de la réalité, vite, tu retrouves la porte

Plus rien n'est vrai entre l'école et ma chambre
Tout me désole sur les trottoirs de décembre
La tête happée par le passé, je longe les murs
J'en ai assez de cette trop tenace coupure

Assez de nos histoires qui me tirent en arrière
Qui font que plus rien n'existe, sauf hier
Dans les récréations toujours tu m'échappes
Chaque fois, mon imagination aussitôt dérape
Je suis tanné de toujours me sentir hors jeu

Avec toute mon âme, je te dis ce que je veux
Je veux, Ré, que de mes rêves enfin tu sortes
Que de la réalité, vite, tu retrouves la porte

À nouveau, nous serons les rois de la casquette
Tu es le seul rapide comme moi sur des roulettes
Ensemble, l'hiver, on glissera sous de vrais nuages
L'été, on se chamaillera sur d'authentiques plages
Et cesseront toutes ces visions où je me vautre
Fini pour moi de rêvasser d'une cloche à l'autre
Tu sais, on peut faire la plus grande chose
Être heureux, avoir du fun, rien de grandiose
C'est tout simple quand on est tous les deux

85

Avec toute mon âme, je te dis ce que je veux
Je veux, Ré, que de mes rêves enfin tu sortes
Que de la réalité, vite, tu retrouves la porte

Même si j'ignore d'où elles me viennent
Puissent ces paroles faire que tu reviennes
Je ne sais pas comment tu les entendras
Je ne connais vraiment aucun abracadabra
C'est pourquoi je vais prendre ma guitare
Et dire tous ces mots sans me faire braillard
Oui, c'est sur un rythme qui nous ressemble
Celui qui nous mène quand on est ensemble
Que je te fais ce slam, le contraire d'un adieu

Avec toute mon âme, je te dis ce que je veux
Je veux, Ré, que de mes rêves enfin tu sortes
Que de la réalité, vite, tu retrouves la porte…

J'ouvre les yeux et déjà les mots s'effacent! Dans une seconde, ils vont disparaître. Non! Je ne veux pas les perdre!

Madame Élyse l'a dit: «Il faut vite les écrire!»

Je bondis du lit et saute sur l'interrupteur de ma chambre. La lumière est aveuglante. Déjà je suis à ma table et, la main tremblante, je griffonne sur une feuille:

Avec toute mon âme, je te dis ce que je veux...

En moins de cinq minutes, toutes les paroles sont écrites.

Je n'ai pas dormi du reste de la nuit. J'ai recopié au propre mon poème *slam* et je l'ai appris par cœur.

Après avoir avalé mon bol de Froot Loops et engouffré deux toasts au beurre de *peanut*, j'ai téléphoné à madame Élyse pour lui dire que je voulais tout de suite, aujourd'hui, ce soir, un autre cours de guitare.

19 heures. Guitare au dos, je cogne à la porte de madame Élyse.

Comme hier, elle me sourit. J'entre. Elle m'accompagne jusque dans la pièce qu'elle a aménagée pour ses cours. Il y a un piano. Deux guitares sont appuyées sur leur support. Pendant qu'elle en prend une, moi, j'ouvre mon étui et sors la mienne… exactement comme hier. Je m'assois sur le petit banc et, ensemble, nous accordons nos instruments.

Puis, sans un mot, nous commençons. Mais cette fois, c'est moi qui pose une feuille sur le lutrin et je dis :

– C'est du *slam*. Je voudrais chanter ça comme Grand Corps Malade.

Intriguée, madame Élyse se penche sur mon poème.

Lentement, elle le lit.

Enfin, elle se retourne vers moi, étonnée.

– Mais, Yo... c'est un vrai coup de génie, ce poème. C'est très beau.

– Je sais pas. Je veux juste le chanter.

– Bien sûr, me répond-elle simplement.

Déjà ses doigts dansent sur sa guitare et cherchent des notes. Au bout de quelques minutes, elle se met à dire mes mots, pendant que, sous sa main délicate, des accords se succèdent et donnent à mon poème un ton et un rythme que je reconnais tout de suite…

Un rythme qui nous ressemble
Celui qui nous mène quand on est ensemble

Voilà, Yo! Les rêves, c'est fini. Maintenant, tu dois travailler fort pour apprendre les accords de madame Élyse parce que… Si Ré entend ça un jour, il va revenir, c'est certain.

Et c'est ça qui serait un coup de génie.

DAPHNÉ

«En entrant, j'ai un moment
d'hésitation. Le premier coup d'œil
est parfaitement angoissant : c'est
trop grand, trop large, trop profond,
trop bas, trop éclairé et tout le
monde a le teint bleu.»

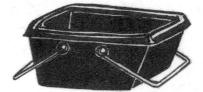

Je suis honnête et j'ai l'air honnête. Je pourrais passer trois jours et trois nuits dans une librairie sans surveillance, il ne me viendrait pas à l'idée d'en sortir avec un bouquin dans la poche. Ma sœur Désirée prétend que si je suis aussi honnête, c'est parce que je manque d'imagination. Je ne partage pas son avis. Je ne partage d'ailleurs aucun des avis de ma sœur, surtout pas quand ils portent sur moi. Ma sœur dit aussi qu'il ne faut pas se fier aux apparences. Moi, je dis qu'on peut parfois se fier aux apparences et qu'on peut toujours se fier à mon apparence à moi.

Je suis honnête et j'ai l'air honnête. Or, aujourd'hui, quelqu'un s'est mis dans la tête que je n'étais pas aussi honnête que j'en avais l'air.

Samedi matin. Il est 10 heures et il pleut. J'ai une tonne de choses à acheter.

- un réveille-matin qui réveille mais pas trop;

- une brosse à dents souple, grosseur 60;

- de la soie dentaire non cirée qui ne s'échiffe pas quand on la passe entre les dents;

- des chaussettes de laine (au moins 70 %) avec des rayures horizontales rouges, bleues et vertes;

- un porte-clés;

- un pyjama;

- un t-shirt rouge 100 % coton;

- une pommade contre les pieds d'athlète pour mon père qui, soit dit en passant, n'a d'athlète que les pieds;

- des faux cils pour ma sœur Désirée qui, soit dit en passant, n'a pas que les cils de faux.

Je prends mon courage à deux mains, mon grand sac à dos et, pour ne pas avoir à passer d'une boutique à l'autre, je jette mon dévolu sur un grand magasin à rayons où, en principe, on peut tout trouver, depuis la pinte de lait jusqu'à la souffleuse à neige, en passant par les sous-vêtements, les pneus, les draps, les fleurs séchées, les tournevis et les aiguilles à tricoter.

je ne pensais pas qu'on pouvait y trouver aussi des espionnes déguisées en acheteuses.

J'arrive de fort bonne humeur avec mon allure habituelle, c'est-à-dire avec mes cheveux noirs, mon nez, mes bottillons en cuir et mon sac à dos. Transparente. Maladivement honnête.

En entrant, j'ai un moment d'hésitation. Le premier coup d'œil est parfaitement angoissant : c'est trop grand, trop large, trop profond, trop bas, trop éclairé et tout le monde a le teint bleu. Je jongle brièvement avec l'idée de renoncer à mon projet et de m'enfuir à toutes jambes. Les pieds d'athlète de mon père l'emportent sur mon envie de faire demi-tour et je franchis vaillamment la barrière des caisses, sur lesquelles pitonnent une rangée de caissières bleuâtres au regard morne. Pour faciliter mes achats, je m'empare d'un panier en plastique, bleu lui aussi, au fond duquel gît une publicité vantant les promotions du jour : vis, genouillères pour le jardinage (on est en octobre !), protections hyper absorbantes pour incontinence urinaire. Rien sur les chaussettes rayées, les t-shirts rouges en coton ou les pieds d'athlète.

Treize secondes me suffisent pour comprendre que je dois renoncer au t-shirt. J'ai beau fouiller partout, passer d'un étalage à l'autre, je ne trouve que des t-shirts en polyester, ce qui est, pour moi, le comble de l'inconfort.

Quinze minutes supplémentaires me suffisent pour comprendre que je dois aussi renoncer aux chaussettes de laine (elles sont toutes en polyester) et au pyjama (ils sont tous en nylon avec de la dentelle qui pique, ce qui est, pour moi, un autre signe de décadence).

Je consulte ma liste pour me lancer sans plus tarder à l'assaut de l'article suivant quand le désespoir me submerge pour la seconde fois. Où suis-je, sapristi? Et qu'est-ce que je fiche ici? Je me sens complètement perdue, à mille lieues des brosses à dents, des porte-clés, des réveille-matin et des faux cils. L'immense surface éclairée aux néons s'étend à perte de vue devant moi, avec son dédale d'allées interminables.

Allons, allons, secoue-toi un peu, ma vieille! Et finissons-en!

J'abandonne les vêtements et passe au rayon voisin, qui se trouve être celui des instruments aratoires, où je n'ai strictement rien à faire.

C'est à ce moment que je l'aperçois, elle, miss Columbo en personne.

Elle est de taille moyenne, un peu forte, vêtue d'un imperméable d'une couleur indéfinissable, gris brouillard, smog ou sloche, le genre d'attirail censé vous faire passer inaperçu. Mais rien n'est plus visible que ce qui ne souhaite pas l'être. Elle est tellement banale, la dame, tellement incolore, tellement insignifiante que, du coup, elle est aussi remarquable qu'un coquelicot rouge dans un champ de pissenlits.

Et cette dame incolore et insignifiante me suit.

Comment je le sais ? Très simple. Pas besoin d'avoir inventé la poudre ou d'avoir les cellules grises d'Hercule Poirot pour en arriver à cette conclusion.

1. Elle ne cherche rien. Dès que je lève les yeux vers elle, elle fait mine de fouiller dans le premier présentoir venu.

2. Elle n'a pas de sac à main. Vous avez déjà vu ça, vous autres, une femme sans sac à main, *dans un magasin*?

3. Cet endroit est un labyrinthe, il est peu probable que deux personnes suivent *en même temps la même trajectoire*.

4. Elle agite frénétiquement une monstrueuse paire de gants gris-rose encore étiquetée, pour donner l'illusion qu'elle aussi magasine.

À l'intérieur de moi, un orage se déchaîne. Du calme, Daphné, du calme. C'est samedi, après tout, je suis toujours la même bonne vieille Daphné, pas suspecte pour deux sous, et mon père a toujours ses pieds d'athlète.

Je poursuis ma route entre les tapis de faux gazon non réclamés et les engrais chimiques vendus à rabais. Je m'attarde un moment devant une déchaumeuse

Yardworks dotée d'un moteur de 10 A et de lames en inox légères et compactes, que je fais mine d'examiner dans ses moindres détails : dessus, dessous, devant, derrière. Miss Columbo se pointe aussitôt et, sans me regarder, se prend d'un intérêt subit pour une serfouette. J'en profite pour m'éclipser en douce et effectuer un virage vers le rayon des produits de beauté.

À peine ai-je le temps de m'absorber dans la contemplation des crèmes épilatoires que la dame, brusquement désintéressée de sa serfouette, fait son apparition au bout de l'allée, en agitant sa paire de gants roses.

Cette fois, c'est clair : je suis bel et bien filée, aucun doute là-dessus !

À l'intérieur de moi, l'orage devient typhon. Moi, Daphné, être confondue avec une voleuse à l'étalage! Pourquoi moi, sapristi? Pourquoi pas le jeune homme là-bas qui fourrage dans les CD depuis dix bonnes minutes ou le monsieur entre deux âges qui tripote sans discontinuer les boutons des téléviseurs, allume, éteint, allume, éteint, comme s'il avait un vieux compte à régler avec eux? Mais c'est moi que miss Columbo a choisie. Pas le jeune homme mélomane, pas le monsieur tripoteur de boutons. Moi.

Qu'est-ce que je fais? Je pars? Je reste? Je hurle? Je dépose une plainte pour filature abusive? Aucune de ces solutions. Venue de nulle part, une petite voix s'élève au-dessus du boucan météorologique et me souffle à l'oreille un message qui se résume à peu près à ceci: «Elle te suit, et alors? Arrange-toi pour qu'elle te suive *jusqu'au bout*.»

Aussitôt dit, aussitôt fait. Je m'empare d'un second panier bleu et j'y jette pêle-mêle deux paires de faux cils, un brillant à lèvres mauve, trois barrettes, un savon Irish Spring et un déodorant Brise marine hypoallergique pour peaux acnéiques.

Et c'est reparti. Je passe d'une allée à l'autre, d'un rayon à l'autre, m'éternisant chaque fois devant des produits qui ne me sont d'aucune utilité, mais pour lesquels je me prends d'un intérêt passionné.

Une heure s'écoule ainsi, une heure interminable pendant laquelle je prélève systématiquement, dans chaque rayon, des objets pas trop gros (les énumérer serait trop long, veuillez vous reporter à l'annexe). Miss Columbo sur les talons, j'arpente le magasin, multipliant les allers-retours, les demi-tours, les virages brusques. Le premier panier est déjà rempli. Je passe et repasse devant elle, je la frôle : « Excusez-moi ». Elle se pousse, se déplace pour me laisser passer, résignée, acharnée, de plus en plus lasse. Elle commence à en avoir assez, moi aussi. Mais je n'abandonnerais pour rien au monde.

Une autre demi-heure s'écoule. Pas un centimètre du gigantesque plancher n'échappe à mon inspection. Je questionne les vendeuses, discute de l'utilité d'un produit ou d'un autre – pourquoi des rasoirs à deux, trois, quatre et cinq lames ? Je fais ouvrir des boîtes, des flacons. J'essaie des trucs aussi, des semelles, entre autres. Vous saviez qu'il en existe plusieurs sortes ? Des semelles anatomiques, des semelles gel antichoc censées donner l'impression de marcher sur l'eau, des semelles de massage magnétiques, des semelles anti-transpiration, des semelles polaires, des semelles auto-adhésives et non glissantes...

Je commence à m'ennuyer (vous aussi, sans doute). Je mets donc le cap sur les livres. Que des nouveautés, déposées en piles très hautes pour prendre le moins de place possible sur la table. Je lis en diagonale le dernier Harry Potter et les premiers chapitres de trois romans policiers avant de jeter mon dévolu sur la dernière édition du dictionnaire Robert, dans lequel je plonge. Une serfouette est un outil manuel de jardinier, composé d'un manche et d'une emmanchure à douille, qui sert à tracer une ligne dans le sol pour préparer les semis. Le pied-d'alouette est une fleur, le pied-de-biche, un levier à tête fendue servant à arracher des clous, le pied-de-poule, un tissu formant un petit damier et le pied d'athlète, une dermatose mycosique, ce qui veut dire une dermatose provoquée par des champignons.

Bien.

Je lève les yeux, miss Columbo et ses gants sont toujours à mes trousses. Son teint a bleui, du moins il me semble, mais c'est peut-être à cause des néons. Elle s'est emparée d'un livre et fait mine de lire, elle aussi. Manque de chance, le livre est à l'envers mais il est trop tard, je l'ai vue, elle le sait, elle ne peut d'aucune façon le remettre à l'endroit sans avoir l'air ridicule. Alors elle reste là à remuer les lèvres, le nez plongé dans un livre illisible.

Ma colère tombe d'un coup. Je suis comme ça. La vue d'une personne qui lit un livre à l'envers me bouleverse, on dirait un vieil enfant qui fait semblant de lire en marmonnant des mots qu'il ne comprend pas. J'ai beau me répéter que la Columbo ne devrait pas me suivre, que le client a tous les droits, surtout celui de faire ses emplettes en paix, que l'offensée des deux, c'est moi et pas elle, je ne peux pas m'empêcher d'avoir pitié d'elle. Je l'imagine dans sa chaumière, mère célibataire monoparentale arrivant tout juste, avec son maigre salaire et ses huit enfants à charge, à boucler ses fins de mois.

Heureusement, une autre misère bien plus grande vient solliciter ma pitié et tout ce qu'il y a en moi de compassion pour mes semblables : derrière la pauvre mère célibataire monoparentale de huit enfants sous-alimentés, j'aperçois une autre dame qui fouille dans le rayon des aliments surgelés et enfouit subrepticement des tas de choses dans un grand fourre-tout noir.

Une voleuse, une vraie !

À en juger par son apparence, elle a au moins 102 ans et elle est mille fois plus pauvre que l'autre. Elle est vêtue d'un manteau qui a dû être noir mais qui, pour l'heure, est usé jusqu'à la trame. Ses jambes sont couvertes d'un épais collant, noir aussi, qui parvient difficilement à cacher des jambes gonflées qui doivent lui faire un mal de chien.

Mon cœur se serre et je me sens derechef investie d'une mission divine : protéger la vieille femme. Mission divine qui cache, je dois le dire, un second motif, beaucoup moins noble : *me venger de miss Columbo et de ce monstrueux hangar à rayons en protégeant une vraie voleuse.*

Une vraie ? Pas sûr. Voler pour manger n'est pas voler. Dans certains pays, on ne poursuit pas quelqu'un qui vole parce qu'il a faim. Et je viens de décider que la mémé a faim. Je l'imagine dans sa chaumière, grand-mère célibataire monoparentale arrivant tout juste, avec sa maigre pension et ses dix-sept petits-enfants à charge, à boucler ses fins de mois (ses huit enfants sont morts dans un accident de voiture. Comme je déteste m'appesantir sur les malheurs des autres, je préfère les faire périr tous en même temps et dans la même voiture – une grande voiture).

Protéger la vieille dame signifie la soustraire aux regards de la fausse acheteuse aux gants roses, pour lui permettre de quitter les lieux sans être inquiétée et manger à sa faim.

J'abandonne le rayon des livres et je me place entre les deux femmes, de façon à dissimuler la mémé. Apparemment, miss Columbo n'a rien vu des manœuvres de la vieille, ce qui démontre bien son peu de talent pour la filature. À trop m'emprisonner dans son champ de vision, elle perd l'essentiel. C'est pourtant évident et tellement visible, aussi visible que le nez dans la figure. Le fourre-tout noir enfle à vue d'œil, il a déjà ingurgité deux blocs de viande hachée congelée, trois paquets de petits pois et un gâteau au chocolat Peperridge Farm double glaçage. Dire que je pourrais me débarrasser sur-le-champ de l'espionne sous-douée. Je n'aurais qu'à désigner la grand-mère du doigt pour détourner son attention de ma personne.

Et toc! Un autre larcin! Une grosse boule de pâte congelée s'en va rejoindre la viande et les petits pois, cela fait autant de bruit que des boules de quille lancées dans une allée. Elle ne m'aide pas beaucoup, la mémé.

Comme elle a tout l'air d'en avoir pour un moment (elle prépare peut-être son dîner de Noël), je m'éloigne un peu. Faire du surplace risquerait d'attirer l'attention sur elle. Sans la quitter des yeux, je passe en revue les 22 réveille-matin exposés sur le présentoir. J'explique à la vendeuse que je suis à la recherche du réveille-matin miracle qui me réveillera en douceur. Ni trop bruyant, pour ne pas risquer la crise cardiaque chaque fois, ni trop discret pour ne pas passer tout droit.

La vendeuse me regarde d'un air ennuyé. Je choisis une dizaine de réveille-matin au hasard et les dépose sur le comptoir en demandant à la vendeuse de me les faire essayer. Cette fois, elle me toise sans ménagement. Le regard ennuyé s'est nettement durci. Elle a beau se répéter que le client est roi et que cette appellation englobe aussi les adolescentes noiraudes chargées de deux paniers remplis à ras bord, elle n'a pas la moindre envie de sortir une pile AA et de faire l'essai des réveille-matin.

– Ils fonctionnent *tous* de la même façon, tu sais. Ce n'est pas nécessaire de les essayer *tous*.

Elle m'adresse un sourire poli et se détourne comme si tout était dit.

– C'est à cause de mon père, je rétorque gentiment. Je dois me lever trois fois la nuit pour le soigner. Il a été amputé d'un pied et je dois changer les pansements, comprenez-vous ? Ma mère nous a quittés, elle n'en pouvait plus.

La vendeuse se retourne, apitoyée.

– Amputé ? Il s'est fait ça comment, pour l'amour du ciel ?

Miss Columbo s'approche en catimini pour entendre notre conversation. Plus loin, la vieille n'en finit pas de faire le plein de denrées : deux paquets de frites McCain sans cholestérol et trois petits pains. À ce rythme, son sac va exploser avant qu'elle ait le temps de se rendre à la caisse.

– Pied d'athlète, je réponds en faisant une moue d'une infinie tristesse. Mycose massive, morbide et irréversible. Vous savez comment sont les champignons. Ça commence tout doucement. Une légère démangeaison, puis l'enflure. On se gratte, on se gratte et à la fin, pfft ! plus de pied, c'est trop tard.

Je prie le ciel pour que la vendeuse n'ait pas été infirmière dans un passé récent. Dans le *Robert*, il n'est mentionné nulle part que la dermatose mycosique peut avoir des conséquences aussi fâcheuses. J'aurais peut-être dû choisir une raison plus sérieuse.

– C'est terrible, dit-elle.

– Je le pense aussi.

Elle a toujours son air apitoyé, moi aussi. Dans sa main gauche, une pile AA flambant neuve vient de faire une apparition miraculeuse. Pendant la demi-heure qui suit, le magasin retentit de différents signaux sonores plus ou moins supportables, empruntant autant à la technologie moderne qu'aux couinements animaliers : Biiip-bip-bip-biiip, Hou-hou-hou, Teclong-teclong-teclong... La vieille s'active toujours – six couteaux, six fourchettes et un

116

gros paquet de serviettes en papier –,
c'est un miracle qu'on ne l'ait pas déjà
appréhendée. À croire que je suis la
seule cliente de tout l'établissement
à avoir l'air suspecte. Coin-coin-coin,
hihan-hihan-hihan...

Soudain, la vieille dame décide
qu'elle en a assez. Elle referme son sac
d'un geste sec et se hâte vers la sortie.
Je m'empare d'un petit réveille-matin
blanc fabriqué en Chine (ils le sont tous,
les Chinois se réveillent énormément)
et je remercie chaleureusement la
vendeuse.

– C'est mon père qui va être content
de se réveiller!

Je mets le cap vers la sortie en
manquant faire tomber miss Columbo en
train de somnoler ou de prendre racine

dans le béton. Soudain, je m'arrête, je dépose par terre mes deux paniers et j'empoigne mon sac à dos. Je l'ouvre, je saisis le réveille-matin et le laisse tomber dans le sac. Croyant enfin toucher au but, miss Columbo ouvre des yeux gourmands et prend son élan pour m'arrêter. Deux heures de filature enfin récompensées, tous ces efforts n'auront pas été vains, c'est le patron qui va être content!

Elle est tout près, à présent, elle va parler. Je récupère alors le réveille-matin, referme mon sac à dos et le hisse tranquillement sur mes épaules. Stoppée net dans son élan, la dame reste là avec son air piteux et ses gros gants pendant au bout de son bras. Je lui adresse mon plus suave sourire et lui tends les deux paniers pleins.

– Je viens de penser que je n'ai pas besoin de tout ça. Auriez-vous l'obligeance de remettre ces articles sur les tablettes ? Vous travaillez bien ici ? Je suis un peu pressée, comprenez-vous ? Mais je garde ceci, j'ajoute, en prenant le réveille-matin.

Je la plante là et je cours vers la caisse. La petite vieille y est déjà. Il y a trois clients devant elle et trois autres entre elle et moi. Elle attend sagement son tour. Pour tuer le temps, elle examine les étagères proposant des produits de dernière minute : revues, piles, friandises, tablettes de chocolat. Soudain, elle s'empare d'un petit sac de bonbons et le garde à la main.

La manœuvre est claire : les bonbons sont là pour faire oublier le gros sac de victuailles rempli à craquer. Plus loin, au-delà des caisses, près de la sortie, un homme et une femme ont l'air d'attendre. Ils se tiennent très droit, les mains derrière le dos et ils fixent la petite vieille. Deux inspecteurs, sûrement. Et ma sœur qui dit qu'on ne doit pas se fier aux apparences!

Je bouscule les trois clients qui me séparent de la vieille, en multipliant les excuses et en criant: «Mamie! Mamie!»

Elle ne répond pas, évidemment.

– Elle est un peu sourde, je dis aux clients, qui grognent mais finissent par me laisser passer.

La dame arrive devant la caisse et dépose son sachet de bonbons sur le comptoir. Je m'en empare.

– Non, mamie! On n'a pas besoin de ça, tu sais bien, et c'est mauvais pour tes dents.

La vieille dame se redresse, me regarde et me sourit, en arborant des dents d'une blancheur éblouissante et totalement artificielle. La caissière au teint bleu suspend son geste, son regard passe de moi à la vieille dame.

Je remets les bonbons à leur place et paye le réveille-matin.

J'entraîne la vieille vers la sortie en faisant signe aux deux préposés que je veux leur dire un mot. Je fais asseoir la dame en lui recommandant de ne pas bouger et de m'attendre. Je reviens vers eux.

– Il faut nous excuser. Ma grand-mère est vieille, elle n'a plus toute sa tête. Je ne peux pas la laisser seule deux minutes. Dès que j'ai le dos tourné, elle fait des trucs bizarres. Figurez-vous que pendant que j'examinais les réveille-matin (je montre mon sac), elle a rempli deux paniers complets. Je n'ai pas le temps de tout remettre en place, je dois la reconduire chez elle. J'ai donc demandé à miss Columbo…

Ils se regardent. Un immense point d'interrogation circule de l'un à l'autre sans se poser.

– Ben oui, la dame là-bas qui fait semblant d'acheter des gants et qui nous suit partout dans son faux imperméable… Eh bien, je lui ai demandé de remettre les articles à leur place. Elle en a au moins pour une demi-heure, la pauvre. Je suis vraiment désolée.

Je décampe sans plus attendre et rejoins la vieille, j'empoigne son bras et nous sortons à l'air libre. Elle marche vite malgré ses mauvaises jambes. La pluie a cessé, un pâle soleil a fait son apparition. Je marche vite moi aussi, j'ai l'impression que derrière moi la porte va s'ouvrir et m'aspirer dans un gigantesque entonnoir où je devrai tournoyer indéfiniment entre des rayons croulant sous des montagnes de marchandises.

– Hi, hi, hi! fait une petite voix tout près.

Elle a le cœur à rire, la mémé. Pas moi.

– On les a bien eus, hein? déclare-t-elle.

Je poursuis ma route, mal à l'aise tout à coup. Il est plus de midi, la matinée est gâchée. Je n'ai rapporté ni la fichue crème contre les pieds d'athlète de mon père ni les faux cils de Désirée et je ne suis plus certaine d'avoir eu raison de faire ce que j'ai fait.

– Ouais.

Elle trottine à mes côtés, pas du tout essoufflée.

– Pas mal, le coup du petit réveille-matin chinois.

Cette fois, je m'arrête.

– Quel coup ?

– Tu es douée, dis donc !

– Comment ça, douée ?

– Ben… tu n'achètes pas beaucoup, toi non plus. Pour… pour… emprunter beaucoup, non ? (Son rire, encore.) Qu'est-ce que tu as pris ? ajoute-t-elle en lorgnant mon sac à dos.

– Mais rien, rien du tout !

– Oh ! Allez. Faut pas être gênée, je ne dirai rien à personne.

Un brouillard opaque envahit mon cerveau. Je me remets à marcher plus vite, sans direction précise, mais avec l'image de Désirée dans la tête.

– Dis donc! fait la dame. Ça te dirait qu'on revienne demain? Je n'ai pas terminé mes emplettes. C'était trop lourd, je ne pouvais pas en prendre plus. Mais avec toi, ce serait différent.

Je m'arrête une seconde fois et je la regarde bien en face. Sa peau est fanée, creusée de rides profondes, ses petits yeux futés brillent de malice et un sourire, que je n'avais pas vu dans le magasin, flotte sur ses lèvres.

Je ferme les yeux, le temps que le brouillard se dissipe. Quand je les rouvre, la petite vieille est toujours là, souriante. Son gros fourre-tout noir lui fait une épaule plus basse que l'autre.

ANNEXE

Objets rassemblés par Daphné afin d'assouvir sa vengeance sur l'espionne déguisée en acheteuse

- 1 paire de faux cils
- 3 dés à coudre
- 2 tablettes de chocolat
- 1 paire de chaussettes 100 % polyester
- 1 paire de gants
  (la même que celle de la dame)
- 1 brillant à lèvres mauve
- 3 barrettes (prélevées sur deux présentoirs différents)
- 1 savon Irish Spring
- 1 déodorant Brise marine hypoallergique
- 3 vis à béton

- 1 courroie à boucles
- 1 carreau de céramique
- 1 rouleau de papier-cache
- 2 paquets de papiers-mouchoirs format poche
- 1 démarreur à distance
- 1 porte-fusible huit positions
- 1 adaptateur pour radio
- 1 pince à épiler avec lime intégrée
- 1 gomme à effacer
- 1 boîte de trombones
- 1 lampe de poche vraiment de poche
- 1 paquet de mines 0,7 mm HB...

www.triorigolo.ca

Pour t'amuser à des jeux
originaux spécialement conçus
à partir du monde du Trio rigolo

Pour partager des idées et
des informations dans la section
Les graffitis

Pour lire des textes drôles
et inédits sur l'univers de chacun
des personnages

Pour connaître davantage
les créateurs

Et pour découvrir plein
d'activités rigolotes

Le Trio rigolo

AUTEURS ET PERSONNAGES :

JOHANNE MERCIER – LAURENCE
REYNALD CANTIN – YO
HÉLÈNE VACHON – DAPHNÉ

ILLUSTRATRICE : MAY ROUSSEAU

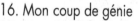

www.triorigolo.ca

Série Brad

Auteure : Johanne Mercier
Illustrateur : Christian Daigle

www.legeniebrad.ca

Mes parents sont gentils mais...

ILLUSTRATRICE: MAY ROUSSEAU

Recyclé
Contribue à l'utilisation responsable
des ressources forestières
www.fsc.org Cert no. SGS-COC-003153
© 1996 Forest Stewardship Council

FSC

100%

Marquis imprimeur inc.

Québec, Canada
2009